D1420566

Copyright © 2007 Disney Enterprises, Inc.
Tous droits réservés.

Publié par Scholastic, Inc.
Distribué au Canada par Grolier.

Aucune partie de cet ouvrage ne peut être reproduite selon un procédé mécanique,
photographique ou électronique, enregistrée sur microsillon, mémorisée dans
un centre de traitement de l'information, transmise ou copiée sans
l'autorisation écrite des éditeurs.

ISBN 978-0-439-09651-5

Dépôt légal, Bibliothèque et
Archives nationales du Québec - 2007

Imprimé aux États-Unis

Disney · PIXAR

RATATOUILLE

GROLIER

Loin dans la campagne française, une colonie de rats fouille un tas de compost à la recherche de nourriture. C'est un sale boulot, mais Rémy doit humer tous les restes de pain, de légumes, bref de tout ce que trouvent les rats, pour s'assurer qu'ils sont comestibles. Ses sens du goût et de l'odorat bien développés impressionnent son frère Émile.

Secrètement, Rémy chérit un grand rêve — celui d'être un grand chef, comme son idole Auguste Gusteau. Rémy a même lu *Tout le monde peut cuisiner,* un livre publié par Gusteau.

Le livre de recettes et le tas de compost appartiennent à une vieille dame appelée Mabel. C'est dans son grenier que la colonie de rats a élu domicile, ce que Mabel ne sait pas.

Un jour, pendant que Rémy est dans la cuisine de Mabel avec Émile, il entend le nom de Gusteau à la télévision. Le grand chef est décédé le cœur brisé en apprenant que son restaurant avait perdu sa cote cinq étoiles.

Figé par l'annonce de la mort de Gusteau, Rémy ne remarque pas que Mabel vient de se réveiller. La vieille dame pourchasse Rémy et Émile. Soudain, le plafond cède et toute la colonie de rats tombe sur le plancher.

« Sauve qui peut! Il faut évacuer les lieux! » crie Django, le père de Rémy. Pendant que les autres rats se précipitent dehors, Rémy retourne à la cuisine. Il ne peut pas partir sans le livre de recettes!

Malheureusement, la famille de Rémy ne l'a pas attendu. Tous les rats ont fui à bord des embarcations d'évacuation flottant dans le ruisseau.

Le petit rat séparé de sa famille est emporté par le courant des conduits d'égouts. Il est seul, il est affamé et il est triste.

Un peu plus tard, Rémy s'assoit pour faire sécher les pages de son précieux livre de recettes. Soudain, Gusteau semble s'animer sur la page. Ou est-ce l'imagination de Rémy qui lui joue des tours? « Si tu as faim, sors d'ici et regarde autour de toi », dit Gusteau. « Tu dois oublier le passé et foncer pour découvrir ce que te réserve l'avenir. »

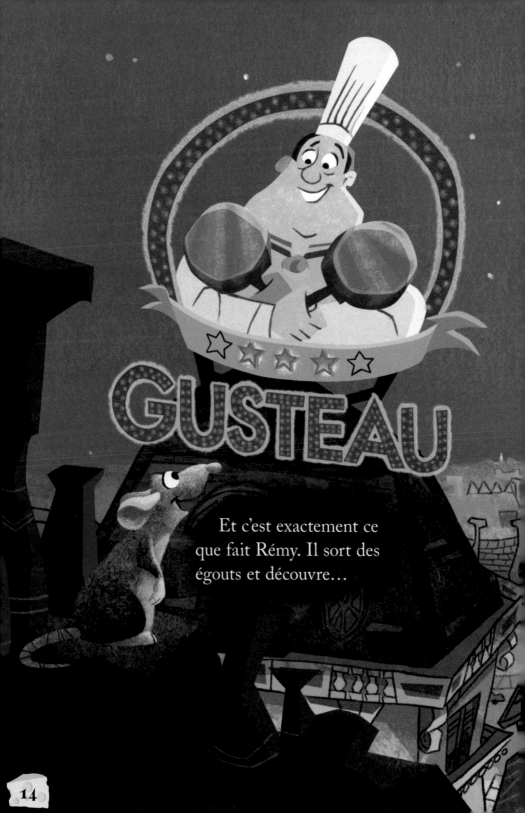

GUSTEAU

Et c'est exactement ce
que fait Rémy. Il sort des
égouts et découvre…

« Paris? » s'exclame Rémy, bouche bée. « Pendant tout ce temps j'étais sous Paris? C'est merveilleux! »

Rémy regarde à sa gauche. Il voit l'enseigne du restaurant de Gusteau. « *Ton* restaurant? » dit Rémy à l'intention de Gusteau. « Tu m'as conduit à ton restaurant! »

Rémy est fou de joie. Son rêve devient réalité.

Rémy grimpe sur le bord du puits de lumière du restaurant et jette un coup d'œil dans la cuisine. Un jeune homme appelé Linguini entre à ce moment avec une lettre qu'il tend à Skinner, le chef cuisinier au fort mauvais caractère. La mère de Linguini était une bonne amie de Gusteau. Elle veut que son fils travaille au restaurant.

Skinner n'a pas le choix. Il engage Linguini comme préposé des ordures.

Linguini a à peine commencé sa journée de travail qu'il renverse accidentellement une marmite de soupe. À sa grande horreur, Rémy le voit ajouter en catimini dans la marmite de l'eau et des ingrédients pour camoufler son erreur.

Rémy perd soudain l'équilibre et tombe du puits de lumière, directement dans la cuisine! Il décampe au plus vite pour s'enfuir par une fenêtre ouverte.

En passant près de la marmite de soupe,
Rémy s'arrête brusquement. Ça ne sent pas
très bon! Voilà enfin ma chance, se dit-il,
en se rappelant les paroles de Gusteau.
Rémy sait comment préparer la soupe!
Il saute sur le dessus de la cuisinière et
se met à ajouter dans la marmite des
ingrédients soigneusement sélectionnés.

Pendant que Rémy s'exécute, un gros visage l'observe. C'est Linguini. Et tout juste derrière lui, il y a Skinner! Linguini s'empresse de cacher Rémy sous une passoire.

« Comment oses-tu cuisiner dans ma cuisine! » s'écrie Skinner. Il congédie Linguini sur-le-champ.

Arrive alors un serveur qui saisit un bol de soupe et l'apporte à un important critique de restaurant dans la salle à manger.

Tout le monde dans la cuisine attend le verdict avec une certaine anxiété. Le serveur revient. La soupe était délicieuse! Le critique l'a adorée!

Skinner n'arrive pas à le croire. Il décide de goûter à la soupe. Elle est fabuleuse!

« Euh.. Suis-je toujours congédié? » demande Linguini.

À contrecœur, Skinner donne une deuxième chance à Linguini. Colette, un des chefs, se chargera de lui enseigner l'art de la cuisine.

Croyant la voie libre, Rémy se précipite vers la fenêtre.
Mais Skinner l'aperçoit et ordonne à Linguini de l'attraper.
Une fois le rat prisonnier dans un bocal, Skinner dit,
« Amène cette bestiole loin, très loin d'ici et débarrasse-toi
d'elle! Allez! »

Linguini ne peut se résigner à jeter Rémy dans le fleuve.
Le jeune homme se met à parler au petit rat. Il se rend
soudain compte que Rémy comprend. Il conclut un marché
avec le rat : Linguini le libérera du bocal si Rémy promet
de l'aider à faire la cuisine.

Mais dès que Linguini ouvre le bocal, Rémy prend la fuite. Puis il s'arrête brusquement, réfléchit quelques secondes et revient sur ses pas. Il ne peut pas laisser tomber Linguini. Et puis, voilà peut-être *sa* grande chance de devenir chef d'un grand restaurant!

De retour au restaurant, Linguini cache Rémy
dans sa chemise. Le rat donne ses instructions au
jeune homme en le chatouillant et le mordillant.
Ouille! Ce n'est pas la méthode idéale!

Linguini trouve la solution en cachant Rémy sous sa toque. Dans la cuisine animée, l'apprenti cuisinier est sur le point d'entrer en collision avec un serveur. Rémy tire les cheveux de Linguini, qui fait un pas en arrière, évitant de justesse le plateau du serveur. Voilà un système qui pourrait fonctionner.

Linguini et Rémy rentrent à la maison, où Linguini pratique la cuisine. Rémy dirige Linguini en tirant ses cheveux. Bientôt, Linguini coupe, mélange et verse — tout ça avec un bandeau sur les yeux!

De retour au restaurant, Linguini, avec l'aide de Rémy, refait à la perfection la soupe. Il devient rapidement un excellent cuisinier. Entre-temps, Skinner décide de lire la lettre de la mère de Linguini. Elle dévoile qu'Auguste Gusteau était le père de Linguini, ce que Linguini ignore encore. . . et ce que Gusteau lui-même ignorait.

Skinner est horrifié. Il a toujours cru qu'il hériterait du restaurant.

Son avocat lui rappelle le contenu du testament de Gusteau. Il est y indiqué que Skinner hériterait du restaurant, mais seulement si Gusteau n'avait pas d'héritier. Linguini est donc le propriétaire légitime. Skinner doit à tout prix s'assurer que Linguini ne sache jamais la vérité.

Une nuit, tandis que Rémy prend une pause dans l'allée derrière le restaurant, savourant son succès de cuisinier, Émile surgit devant lui.

Émile conduit son frère qu'il n'avait pas vu depuis longtemps à la nouvelle demeure de la colonie. On organise aussitôt une fête pour célébrer le retour de Rémy. La musique résonne dans les égouts.

Au bout de quelque temps, Rémy doit partir. Il explique qu'il a un travail et un endroit où rester — avec des humains, précise-t-il. Le père de Rémy prend un air renfrogné et essaie de convaincre son fils que les êtres humains sont dangereux. Il le conduit même devant la vitrine d'un exterminateur, dont le travail consiste à détruire les rats. Contre le gré de son père, Rémy retourne au restaurant.

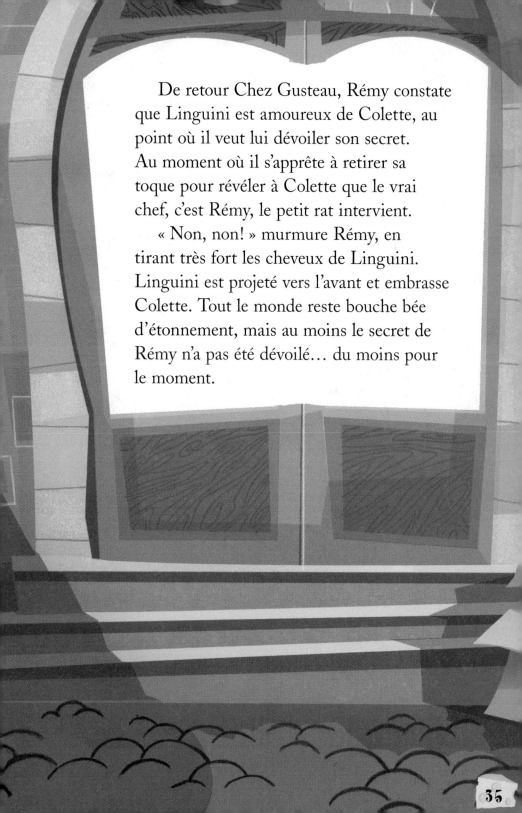

De retour Chez Gusteau, Rémy constate que Linguini est amoureux de Colette, au point où il veut lui dévoiler son secret. Au moment où il s'apprête à retirer sa toque pour révéler à Colette que le vrai chef, c'est Rémy, le petit rat intervient.

« Non, non! » murmure Rémy, en tirant très fort les cheveux de Linguini. Linguini est projeté vers l'avant et embrasse Colette. Tout le monde reste bouche bée d'étonnement, mais au moins le secret de Rémy n'a pas été dévoilé… du moins pour le moment.

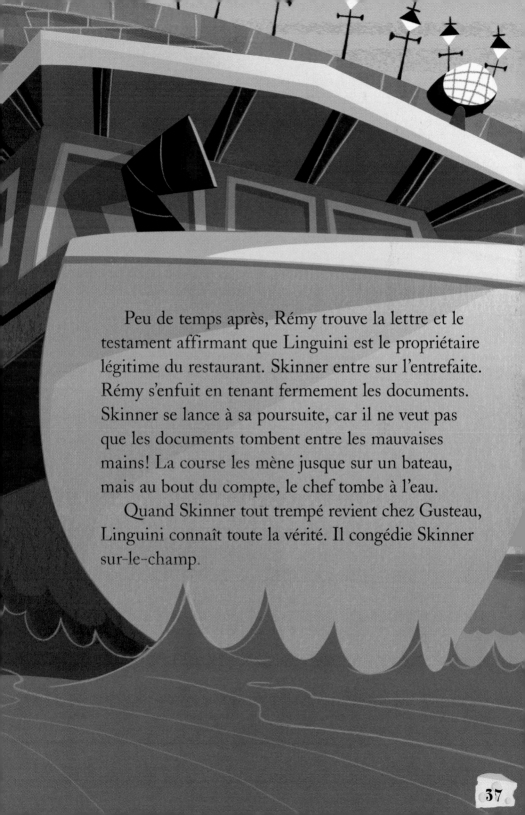

Peu de temps après, Rémy trouve la lettre et le testament affirmant que Linguini est le propriétaire légitime du restaurant. Skinner entre sur l'entrefaite. Rémy s'enfuit en tenant fermement les documents. Skinner se lance à sa poursuite, car il ne veut pas que les documents tombent entre les mauvaises mains! La course les mène jusque sur un bateau, mais au bout du compte, le chef tombe à l'eau.

Quand Skinner tout trempé revient chez Gusteau, Linguini connaît toute la vérité. Il congédie Skinner sur-le-champ.

Au cours des semaines suivantes, le restaurant devient très populaire. Linguini savoure son succès, avec une certaine arrogance. Il croit même ne plus avoir besoin de Rémy.

Un soir, le célèbre critique Arnot Égo, celui-là même qui avait retiré à Gusteau la cote cinq étoiles, se présente au restaurant et déclare, « Je serai de retour demain soir. Mes attentes seront très élevées. »

Aussitôt Arnot Égo reparti, Colette traîne
Linguini dans la cuisine dans le but qu'il se
remette à cuisiner. La nonchalance de Linguini
rend Rémy furieux. Il tire très fort les cheveux du chef.

Linguini réagit brusquement. Il sort dans l'allée avec
Rémy et s'écrie : « J'en ai assez, Petit Chef. Je ne suis pas
ta marionnette ! »

Dans sa rage, Rémy montre à toute la colonie de rats la chambre froide et invite ses amis à se servir.

C'est à ce moment que Linguini revient pour s'excuser.

« Quoi? Tu voles? » rugit Linguini. « Je croyais que tu étais mon ami. Va-t-en et ne reviens plus jamais! »

Rémy s'en va.

Mais Rémy revient au restaurant le lendemain, car il veut s'excuser, et il sait surtout que Linguini aura besoin de lui.

« Un rat! » crient les cuisiniers en voyant Rémy franchir la porte de la cuisine.

« Ne lui touchez pas! » ordonne Linguini. « À vrai dire, je n'ai aucun talent en cuisine. Le vrai chef… c'est ce rat. »

Tous les cuisiniers, y compris Colette, démissionnent. Ne reste plus que Rémy et Linguini pour préparer le repas d'Arnot Égo.

Caché dans un coin, Django a vu l'être humain prendre la défense du rat. Il sort de sa cachette. « J'avais tort à ton sujet. Et à son sujet », avoue Django à Rémy, en pointant vers Linguini. « Je suis très fier de toi. »

Django siffle et les rats accourent dans la cuisine. « Nous ne sommes pas des chefs, mais nous ferons tout ce que vous voudrez. » Ils ne savent pas qu'un inspecteur-hygiéniste les observe par la porte.

Colette revient à ce moment et accepte de les aider à préparer le mets que Rémy a choisi : de la ratatouille. Arnot Égo déguste son repas, puis demande à rencontrer le chef. Linguini lui présente sans hésiter Rémy. Sans dire un mot, le critique quitte le restaurant pour aller écrire son texte.

Le lendemain, le restaurant a droit à une
critique dithyrambique! Mais l'inspecteur exige
la fermeture de Chez Gusteau. . . à cause des rats.
   Peu de temps après, Linguini ouvre un bistrot :
La Ratatouille. Arnot Égo est un investisseur.
Linguini est le serveur et Colette fait la cuisine,
avec l'aide de Rémy, bien sûr. Le rêve du petit rat
s'est réalisé. Il est devenu un grand chef!

ŒIL DE LYNX

Savoure à nouveau cette histoire en tentant de trouver ces images dans le livre.